시흥가조 始興歌調

시흥가조 始興歌調

발행일	2022년 8월 30일
지은이	김종환
펴낸이	백대현
펴낸곳	도서출판 정기획(Since 1996)
출판등록	2010년 8월 25일(제2012-000003호)
주소	경기도 시흥시 서촌상가4길 14
전화번호	(031)498-8085
팩스번호	(031)498-8084
이메일	cad96@chol.com

편집/제작   (주)북랩

ISBN   979-11-971771-5-6 03800 (종이책)   979-11-971771-7-0 05810 (전자책)

김종환 시조집 (제6시집)

始興歌調
시흥가조

정기획

서문(序文)

   시조는

  時節歌調, 즉 절기에 맞춰 흥을 돋우어 부르는 노랫말이
었다 이해합니다. 저는 시흥가조라 했습니다. 시흥의 구석
구석에 녹아있는 전래와 토속을 들추어 썼습니다.

   아울러 미디어와 교통의 편리로 묻히고 잊히는 우리 고장
의 정겨운 면면의 가사들이 우리 입으로 애송되기를 원하는
마음으로 이 시조집을 내어 시민과 애향인들께 바칩니다.

2022년 8월

清光軒 김종환 拜

제1부

관곡지 蓮歌(연가)

제2부

시흥애찰(始興愛察)

제3부
미생의 다리에서

제4부

은행동

제5부

비둘기로 오신 자친(慈親)

제1부

관곡지 蓮歌(연가)

여름내 보던 蓮꽃

여름내 보던 蓮꽃 다 어디에 숨었는가
날마다 보는 사랑 중한 줄 알았냐고
외로움 견뎌보라고 겨울은 석달인가

외로움 견디라고 겨울은 석 달이라
날마다 네 곁에서 마음 졸인 지난여름
내년에 다시 필 때는 벌로 날아 깃들마

관곡지는

관곡지는 겨울에도 연꽃이 피어난다
얼어붙은 연밭에서 간절히 기도하면
하나둘 손에 잡히는 여름내 봤던 蓮들

관곡지 저녁시간

관곡지 저녁 시간 바람 일어 시원하다
연꽃에 당긴 일출 하늘 돌아 붉은 일몰
연들도 누우려는지 푸른 이불 들썩인다

강희맹 심은 연이 이든 저든 무슨 상관
연잎의 푸르름에 볏논도 짙어가고
그윽한 연향에 취해 나도 서서 콧노래

겨울 연밭

어떤 놈은 서 있고 어떤 놈은 쓰러지고
우거지던 여름에사 누가 이걸 알았던가
겨울의 연밭에 가면 인간사를 보는 듯

무성하던 여름에도 생각 가끔 할 일이다
살다가 한 번씩은 뒤도 돌아볼 일이다
겨울의 연밭에서도 연대 모두 서 있기를

연밭에서

습관으로 나서는 길 오늘도 연밭이다
반갑다 홍연백연 호들갑을 떨지만
눈길은 화정동 고개 오실 임을 기다리고

밤에도 별일 없이 겨울도 별일 없이
잎 피고 꽃피는 연 향기도 년년이다
의연한 너의 성정(性情)은 천성(天性)인가 지성(知性)인가

너는 어찌 하느냐 외로울 때 서러울 때
바람에 날리느냐 진흙에 이개느냐
바람도 진흙도 없는 나는 버는 가슴 어이할까

오늘도 해가 진다 땅거미가 스물댄다
가봐도 빈 마당에 장승처럼 여길 볼걸
오늘은 네 곁에 누워 별 한번 헤고 싶다

마른 채로 서 있는

마른 채로 서 있는 연대를 바라본다
키를 넘어 자라던 울창했던 그 여름
다 놓고 가볍게 일어나는 마지막이 아름다워

실연(失蓮)
- 연을 잃다

연밭에 연이 없는 겨울이 삭막하다
이 배미도 저 배미도 검게 마른 연대뿐
그 곱던 연꽃 송이는 다 어디에 가버렸나

새벽마다 달려나가 볼을 부빈 나의 연들
하루만 늦게 가도 돌아서서 울던 연들
그때는 상상도 못 한 휑하니 빈 이 연밭

삼동만 견뎌내면 새봄 되어 잎 피거니
그때 되면 배미마다 또 만발할 연꽃들
인간사 애틋한 사랑도 다시 그리 와줬으면

내가 죽어 연꽃 되고

내가 죽어 연꽃 되고 네가 죽어 사람 되어
네가 내 곁에 와서 내 향기에 취하는 날
그때는 너도 알리라 지금의 내 외로움을

연이 되어 연밭에서 연이랑 살고 싶다
가을 되면 말라도 봄 오면 또 피는 잎
천만년 세월 흘러도 변치 않는 저 사랑을

연밭에 바람 일어 마음이 스산하다
귀찮다 덥다 해도 여름이 좋았었다
설한풍 매운 삼동에 보고 싶어 어이 살까

연밭에 눈 내려

연밭에 눈 내리어 연방이 히어졌다
여름에 봤던 그 꽃 내 기도로 피었는가
기도가 이루어진다면 그 님 오라 손 모을걸

관곡지 다시 와서

관곡지 다시 와서 연대를 만져본다
겨울 연밭이라 꽃은 볼 수 없지만
마른대 대공마다에 피어나는 기억들

꽃 없어도 안 섧다 향 없어도 안 밉다
비록 빈 줄기지만 서 있는 게 고맙다
동면의 곤한 잠 깨는 3월이면 보리니

여름내 피어준 꽃 기천일까 기만일까
피고 피고 또 피어도 아침이면 또 피던 연
내 어찌 너를 잊으리 어찌 너를 잊으리

연을 연하니

연(蓮)을 연(戀)하니 그 연(緣)이 연연(戀緣)이라
날마다 연(蓮)을 향해 연가(戀歌)를 안 거르니
연밭에 무성한 잎은 내 맘인 줄 알거라

여름내 치자라는 너를 향한 내 마음
안으로 쌓여가는 그 연기(戀氣)를 어이하리
깊은 밤 한 송이 피는 연꽃으로 버는 입술

홍연 하나

작년 여름 연밭에서 스쳤던 홍연 하나
겨울밤 눈 감으니 아련히 떠오른다
그대도 이 겨울밤에 내 생각 아련하길

연꽃은 지순해서 꺾어다 못 꽂는 꽃
나는 두 발 성해 걸어 가면 되나니
날마다 곁에 와 서서 네 향기에 취하련다

올여름 어느 하루 시원해진 야 삼경에
발길 못 돌려 네 곁에 서성일 때
밤에는 옴 싸는 옷매 살폿 한번 벌려 주오

연밭을 내다보며

설 이튿날 아침 주위 門 안이 북극이다
못 나가는 나처럼 모여있을 그 연(蓮)들
춘삼월 날 풀리거든 뛰어나가 딩굴자

연밭에 피셨으니

연밭에 피셨으니 연꽃이라 부르리다
흰꽃은 아니시고 붉은 꽃은 더욱 아닌
지난밤 꿈속에 만난 그 꽃이라 반기오

인(人)꽃으로 피었다가 지는 시간 얼마리까
윤회의 길섶에서 잠시 스친 연기인연
래생(來生)엔 언제 어디서 무엇으로 또 만날지

꽃들이 예쁘기로

꽃들이 예쁘기로 연꽃만 하오리까
연꽃이 그렇기로 모두가 그러리까
유월달 첫 연밭에서 꽃 중의 꽃 임을 보오

바람에 잎새 인 듯 옷깃마저 살랑이고
꽃처럼 피는 얼굴 화심 같이 버는 미소
한 마리 벌을 드리어 내 마음 전하고져

제2부

시흥애찰(始興愛察)

시흥애찰(始興愛察)

– 시흥을 살피다

소래산

망망대해 등대 같은 경기 서부 소래산
올라서면 다 보인다 서울 당진 개성까지
소정방 올라와 서서 백제전쟁 지휘한 山

군자봉 성황지

고려 때 김부를 神으로 모신 서낭
정왕월곶 포동 모두 바다였던 그 옛날
기원제 징을 울렸을 시흥벌 정중앙

관곡지

베실곶이 삼십여 평 연못 하나 아시는가
조선 사신 강희맹이 명국에서 가져온 연씨
심어서 가꾸신 연지 예가 바로 관곡지

호조들

조선 초에 바다를 막아 논을 만든 호조들
조선경종 애민(愛民)사상 겉만 보면 뉘가 알까
건물만 문화재던가 기리기리 보전할사

소산서원

세종조 때 영의정 포은문하(圃隱門下) 하연(河演)선생
영정으로 계시는 영당 산수유가 향기롭다
노송도 읍하는 재실 소래산 밑 소산재(蘇山齋)

강희안 선생

한글창제 8학사 직제학(直提學) 강희안(姜希顔)선생
그림은 송 유용(宋 劉墉)에 글씨는 왕희지라
사육신 단종 복위에 같이하신 절의파(節義派)

강희맹 선생

조선 전기 농학자 사숙재 강희맹(姜希孟)선생
금양잡록 촌담해이 사숙재집 농구14장

　'호미질 하며 제주종(提酒鐘) 잊지 마오

　제주는 본시 호미질의 공이로다

　일 년의 배주림이 호미질에 달렸거니

　호미질을 어찌 감히 게을리하리오'

농부와 같이한 농경 조선의 도잠*이라

검바위

조선중기 동네 뒷산 금빛 나서 금바위가
신선바위 검바위 세월 따라 바뀐 이름
검바위 초등학교에 명석(銘石)으로 앉으셨네

조남동지석묘

지석묘가 무엇인가 선사시대 장례 유적
기름진 앞들 뒷산 풍요가 짐작된다
시흥 땅 유구한 역사 시민(市民)임이 자랑이지

---

* 도연명의 본명

김준용장군

인조 때 남한산성 한스런 조청전쟁
광교산 전투에서 태종 부마 죽인 전공
충양공 김준용(忠襄公 金俊龍) 장군 군자산에 쉬신다

생금집

생금정에서 금닭을 얻어 부자 된 김창관(金昌寬)
출가 여식이 훔쳐가 돌이 됐다는 이야기
죽율동 생금집에는 이런전설 있었지

오이도 패총

기원전 3500년 선사시대 주거 흔적
반만년을 이어온 한반도의 실증이라
만나는 사람사람이 선사 조상 후예일레

방산동도요지

방산동(芳山洞) 도요지(陶窯址)는 고려 때의 청자굴
산천은 의구한데 그 소식 알 길 없다
흙 속에 맨손을 넣어 그때 화기(火氣) 느껴본다

내만갯골

해룡의 꼬리인듯 갯골로 꿈틀거려
내만을 휘젓고 들어와 물왕지에 찰랑인다
시흥이 앞세우는 건 바로 이 내만갯골

소금창고

시컴해도 정겹기는 무안 곰소 못 비긴다
갯골 따라 줄지어 섰던 시흥벌 소금창고
눈뜨면 갈대뿐인데 아직 선한 그 풍경

월곶

월곶 해안 4킬로를 소래와 말하는가
서해 고기 가득 싣고 배 들어온다 월곶 석양
아파트 창문들마다 저녁 불빛 더 정겹고

박동량 선생

영창을 보호하라 선조의 유교 7인
충익공(忠翼公) 박동량 선생 우리 곁에 계시었다
임란 때 병조좌랑으로 의주호종 모신 어른

조병세 선생

조남동 산121번지 순국열사 조병세(趙秉世) 묘
을사조약 무효다 자결직전 보낸 글에

'병세가 전일 일사(日使)의 늑약(勒約)한 일로 각 공사관 여러 각하에게
알리었는데 끝내 회합 담판을 못하게 되니 분심이 가슴을 버리어 죽
음으로 나라에 보답하는 것입니다 업드려 바라건대 여러분은 이웃 나
라의 우의를 멀리 생각하고 약소국가를 동정하시어 공동회의로 우리
의 독립권을 회복하게 된다면 병세는 죽어서도 결초보은 하겠읍니다
정신이 어지럽고 숨이 차서 무어라 말을 하여야할지 모르겠읍니다.'

우리는 3.1절 날에 여기와서 헌화하세

조남리 사직단

군현에 두던 제단 토신곡신(土神穀神) 두 사직(社稷)
이단이 있었음은 고을의 성지이네
조남동 산71번지에 남아있는 사직단

물왕저수지

수암봉이 물구나무로 조석 익살 귀엽다
안말서 놀던 바람이 바짓가랑일 들추고
천정수(天井水) 서해로 가기 전 몸을 푸는 물왕지

신천동

소래산 발등 위에 찰랑댔을 바닷물
그때의 게딱지처럼 옹기종기 아파트
벽해가 상전되느니 언제 또 벽해될라

정왕동

옥구도 오이섬 앞 광활했던 갯벌에
바둑판 군자 염전 바로 어제 일이더니
정왕동 펼쳐진 도시 시흥시의 근육일레

시흥역사

고구려 때 잉벌로현(仍伐奴縣) 신라 때는 곡양현(穀壤縣)
금주 금천(衿州 衿川) 불려오다 1795년 시흥현(始興縣)
한강수 남쪽 경기는 전 지역이 시흥 땅

금양9영(衿陽九詠)*

군자봉(君子峯)

마니산 버금가는 해동의 지세요지
마이태자 심은 귀목 서해풍랑 다스린다
하그리 높진 않아도 앞 열리는 군자봉

소래산(蘇萊山)

삼각산 송악산도 멀리서 읍례하는
들녘도 바다도 정원으로 펼쳐지는
마애상 의연히 서서 실눈 뜨는 소래산

염전벌

한 시대를 풍미했던 천일염의 보고였다
지금은 갈대숲만 옛 추억을 읊지만
여의도 서너 배란다 잘 가꾸면 실낙원

---

* 금양9영 (衿陽九詠 = 옛 금양땅 9경을 읊다)

관곡지

연씨를 가져오신 선생은 안 계셔도
연향에 모라모락 피어나는 추모의 정
천추에 감사합니다 그때 주신 이 은혜

오이도

제방길에 가만히 서서 서해낙조 바라본다
여기서서 이대로 해를 봤을 석기인
패총에 스치는 바람 돌도끼 놓는 소리

능곡동

귀 죽인 움집밖에 능곡지구 뉴타운
와자지껄 아이들 소리 그때인 듯 지금인 듯
만년이 찰나로 이는 인간사의 산 역사

금이동

오백 년 정자나무 줄 서서 말이 없다
소달구지 넘던 고개 코란도 세워놓고
카메라 꺼내어 들고 사진 찍어 어디 둘까

미산동

앞들이 바다일 때 배를 모ㅎ던 저 자리
지금은 검은 천막에 경운기가 녹슨다
배 매던 은행나무는 구전마져 잊혀가고

장곡동

병자호란 격전지 1635년 긴마루동네
피신하던 측백나무 육백세 거목이라
말 없는 나무라지만 조석경배 할 일이다

소래산 마애상

구름 한 점 휙 던져 관곡지(官谷池) 연꽃 피고
입김 한 번 후 불어 군자봉(君子峰) 선풍(仙風)이라
소래산 마애상 앞에 시흥벌은 불국토(佛國土)

연꽃에 선풍 일어 모락모락 피는 연향
호조들 풍년 들어 공양미가 미산(米山)이다
시방계(十方界) 사생(四生) 자비(慈悲)로 서 계시는 마애보살

서해 해룡 꼬불꼬불 읊조리는 갯고랑
물왕지 감로수(甘露水)는 새벽별에 반짝이고
내원사 범종(凡鍾)소리에 눈을 뜨는 대천세계

억겁의 시계(時計)에선 1년은 1초이다
소래산 마애상 돌이라 말하지 마라
대천계(大天界) 만행(慢行)하시다 잠시 서신 관세음(觀世音)

미산동 뽕나무

공장마당 시멘트에 뽕나무 싹이 돋아
지인에게 물었더니 옛날 뽕밭이었다고
어여뻐 고이 캐내어 화단에 심어줬지

여기가 밭둑일 때 얼마나 좋았을까
어머니는 뽕잎 훑고 아버지는 오디 따고
여기도 불안해지거든 더 좋은 데 옮겨주마

물가에 심었지만 아직은 어린 네가
발은 못 나오고 팔도 닿지 않는 네가
한여름 타는 더위를 어떻게 이겨낼까

길가에 너를 두어 마음이 안 놓였다
영흥도 좋은 곳에 오늘 너를 보내느니
귀부인 손잡고 가서 쑥쑥 자라 거목되라

사흘마다 가던 데를 언제는 못 가느냐
바람결 일거들랑 흰 구름 뜨거들랑
너 그려 내가 왔다고 손 한 번 들어다오

마름아 너는 어이

마름아 너는 어이 이물에서 사느냐
날마다 종일토록 밤마다 지새도록
좋아도 낮에만 오는 나는 언제 이럴까

천년을 이렇게 기다리고 있었구나
나도 너를 찾아 대천을 허대었다
눈감고 두 손 꼭 잡자 이제는 안 놓치게

갈대 되어 곁에 설까 눈쟁이˙로 뛰어놀까
구름 되어 드리울까 버들 되어 춤을 출까
그래야 사랑이라면 풍덩 빠져 하나 될까

---

* 송사리의 전라도 방언

시흥갯골 오동나무

시흥갯골 오동나무 죽은 듯 서 있누나
구름 가도 눈 감은 채 바람 와도 눈 감은 채
가만히 손 짚어 보면 서맥 아직 있는데

갯골에도 외진 곳 혼자 놀기 좋았던 곳
그러다 풀에 가려 마른 줄도 몰랐구나
애석ㅎ다 눕지 안 하고 꼿꼿이 선 저 기다림

따스히 안아주면 체온 전해지려나
구명호흡 해주면 숨결 트여지려나
눈감고 기도하오니 새잎 돋아 주기를

시흥가조 始興歌調

똥섬(덕섬)

오이도와 옥구 사이 밤톨만 한 섬 하나
그 많은 이름 중에 왜 하필 똥섬인가
코 막고 올라와 보니 샘나도록 예쁜 놈을

금보다 귀한 당신 내 어찌 건사할까
귀한 것은 주술로 똥이라던 우리 민속
똥섬에 고이 감추고 나 혼자만 보고 싶다

학미산 진달래

너는 언제부터 여기에 있었느냐
소나무 참나무들 말 한번 건네드냐
깊은 밤 칠흑 어둠을 혼자 어찌 새웠느냐

아담한 자태에다 화사한 분홍맵시
시새우는 솔부덕에 동녘 자주 못 보지만
그리움 흙으로 만지는 손이 예쁜 진달래

바람아 봄바람아 용케 올라 온 바람아
없는 듯 곁에 있다 살멋살멋 부는 입김
사르르 번지는 홍조 온산에 너의 미소

월곶항 배 한 척이

월곶항 배 한 척이 저 혼자서 신났다
휘황한 불빛반영 들쑤시고 나분댄다
뒤늦게 꽃을 만나서 노니는 나비처럼

물왕지 야경

밤 되어 울에 드니 집안이 안온하다
가사미산 대문 걸고 석등에 달도 켰다
운흥산 생솔병풍에 물왕연못 물결까지

내당에 수선 피어 외당 목련 샛문 연다
삽살이도 곤한 삼경 수선 목련 진한 향기
물왕지 춤추는 달빛 오늘밤은 오색이다

보통천

기는 듯이 흘러도 시흥의 젖줄기다
수주영 출렁이던 물왕지는 감로수
소래산 군자봉벌에 굽이굽이 이십리

나분들 호조들에 관곡지 연밭까지
사시절 끊임없이 기름진 늠내옥토
추야수 가을걷이에 찰랑찰랑 콧노래

장강 구만리는 먼 곳의 수원이다
우리 땅 우리 곁엔 우리 사랑 우리 물
나서면 발에 젖나니 살가와라 보통천

갯골장승

애련의 원혼인가 갯골의 누운 장승
그대 두고 어딜 가리 아예 발은 없는 부부
못다 한 사랑이런가 내만갯골 출렁인다

땅 베고 하늘 덮고 바람 먹고 구름 보고
눈 뜨면 그대 얼굴 눈 감으면 그대 향기
억겁이 몇 번 지나도 당신 곁에 나 있으리

겨우내 언 마당에

겨우내 언 마당에 무엇이 남았을까
수선이랑 개나리랑 죄다 얼어 끝났겠지
불 넣고 앉아있어도 그리 춥던 삼동에

재작년 그 겨울도 이렇게 추웠었지
그런데도 작년 봄 수선화는 피었어
올봄도 노랗게 피어 내가 다시 너 보기를

너는 거기 나는 여기 따로따로 지낸 겨울
올봄도 너는 피고 나도 나가 너를 보고
지나친 세월 것까지 많이많이 피어보자

목감동 청매

오늘 낮에 보던 매화 눈에 자꾸 밟힌다
흰 얼굴에 푸른 입술 손에 닿던 가는허리
어두운 방 안 천정에 박꽃같이 웃는 그대

새가 되어 쪼아볼까 벌이 되어 들어볼까
한 가닥 바람으로 섶 안에 스쳐볼까
흙으로 아예 누워서 내리실 님 기다릴까

제3부

미생의 다리에서

미생의 다리에서

미생의 다리에서 시흥갯골 굽어본다
내가 너를 언제 이리 본 적 있었던가
이 내 몸 여정인 듯이 휘적휘적 가는 모습

내려다 보는 네가 왜 그리 살가운가
뒤척이는 기척마다 얼핏얼핏 뵈는 속살
눈감고 그리어본다 엊그제 나의 벗들

세월도 굽이굽이 인생도 굽이굽이
오는 듯 멀어지고 가는 듯 돌아눕는
네 행보 멋스럽구나 쉬엄쉬엄 흐르는 길

오동꽃이 창밖에서

오동꽃이 창밖에서 안 보는 듯 나를 본다
나도 안 보는 듯 흘긋흘긋 내다보는
오월 초 어느 토요일 네가 피어 좋은 오후

마당가에 서 있지만 너는 본시 귀한 나무
나는 네가 알고 너는 내가 알지
세속의 지란지교를 우리끼리 나누자

네가 먼저 가면 옥동금(玉洞琴)* 지어주마
내가 먼저 가면 네 꽃으로 덮어다오
간간이 바람 일거든 너 그린 줄 알거라

---

* 玉洞琴
  성호 이익의 셋째 형 玉洞 이서(李漵 1662-1723)가 금강산 만폭동의 벼락맞은 오동나무로
  만들어 연주하던 거문고로 KBS 진품명품에 방송되어 증명된 寶琴. 지금도 안산 성호기
  념관에 보존되어 있음.

달아 달아 밝은 달아

달아 달아 밝은 달아 시흥갯골 보름달아
작년 오늘 만난 이를 오늘 보니 좋구나
내년도 또 오늘처럼 이리라도 만나기를

하늘에 항상 있는 너를 향해 비는 마음
하루도 안 빠지는 내 소원 너는 알지
그이도 이런 내 마음 너를 보며 알기를

소래철교

1937년 8월 6일 개통했던 소래철교
수원역과 남인천역 50㎞ 협궤철도
그중에 월곶-소래 간 127m 해상철교

마땅히 갈데없던 70년대 청춘들
인천 돌아 소래 와서 기어 건너 소금창고
그 뒤의 아늑한 갈밭 눈을 감고 손 주었지

눅게도 달랑게도 여기는 사랑의 땅
그래서 그러는지 여기오면 되는 사랑
다녀가 이룬 사랑들 그리워라 소래철교

김치 한 통

오랫동안 말이 없어 잊으신 줄 알았네요
모두 다 잊힌 뒤라 님도 그런 줄 알았지요
한 번만 용서하소서 다 그런 줄 알았던걸

한 통 담아 놓았다는 오늘 아침 전화에
세상 김치 다 받은 듯 왜 이리도 좋은가요
삼동에 추위 매워도 올겨울은 선선할 듯

태양은 불변인데

태양은 불변인데 밤은 어찌 어두우며
겨울은 왜 추우며 여름은 왜 더운지
내 마음 이와 같아서 뉘게 소홀 안 하는지

범계역 칼바람이

범계역 칼바람이 나를 보고 엎드린다
이러면 오시리라 소란 한번 했습니다
안 해도 나와보려고 신발 신고 있었다

뛰다가 넘어질까 혼자 울고 서 있을까
나 오는 것 기다림에 놀고 있을 너 하나를
내 어이 방 안에 앉아 풍경 보듯 내다볼까

겨울이 추울수록 꽃이 크게 피느니
수월한 사랑이면 어찌 고귀하겠느냐
봄 오면 모두 내놓아 꽃 천지를 만들자

서울역

벽 튼튼 천정 튼튼 바닥 튼튼 문도 튼튼
수세식 화장실에 벽걸이 TV까지
노숙의 지하 서울역 근심 걱정 무엇일까

이승 떠나가면 우리 모두 노숙인데
벽 없고 천정 없고 바닥도 없는 대천
무애로 떠돌아다니다 어디에서 몸을 쉴까

마른 국화 한 송이

담 안에 혼자 섰는 마른 국화 한 송이
삼동을 지나고도 꼿꼿한 그 품새가
나인 듯 나보다 더한 듯 그래 더욱 끌린다

말없이 나를 보는 그 눈길이 어여뻐서
말랐어도 안 마른 듯 한 송이 꺾은 뜻은
심으면 노란 꽃 피울 여문 씨앗이기에

벤 것보다 더 아픈 건 고독이 아니더냐
피어도 나비 없는 가을꽃 너의 세월
빈 마당 내다보면서 나도 그리 살았느니

꽃반지

클로버 두 송이로 만들어준 꽃반지
약지에 끼는 순간 다이아로 변한다
금강석 굳은 심지로 백발해로 하라고

잊지 마오 오늘을 끼워드린 이일을
행여나 잊으시면 주술처럼 피어나는
산하의 클로버들이 대성통곡 하오리다

잊지 마오 오늘을 끼워주신 그 마음
행여나 잊으시면 주술처럼 피어나는
산하의 클로버들이 당신 향해 울 겁니다

천정 있어 하늘 막고

천정 있어 하늘 막고 벽이 있어 바람 막고
이불 있어 냉기 막고 책이 있어 고독 막고
누울 때 엄습해오는 옛 생각만 아니면

얼어붙은 연밭에서

얼어붙은 연밭에서 너를 그려 눈감는다
종일을 서 있어도 피어날 리 없지만은
동토에 너의 언 몸을 내가 어찌 그냥 가리

성불사(晟佛寺)

정자나무 찾던 길에 부처님을 뵈온 도량
부처님 눈 가는 곳 生佛까지 미소 짓다
내시는 차 한잔으로 이승이 여일배(如一盃)라

산신각은 함석으로 소대(燒臺)는 흙벽돌로
요사채는 비닐지붕 그 옆에는 장독대
이 산중(山中) 여름날 되면 녹음방초 가경일레

삼천대천(三千大千) 윤회삼세(輪廻三世) 영겁중(永劫中) 금생
(今生)인데
　처처불(處處佛)에 심심법(心心法) 동즉법계(動卽法界) 정즉
법당(定卽法堂)
　물왕지 물드는 석양 화장세계(華藏世界) 여기일세

용궁의 아바님께

용궁의 아바님께 총총 아뢰나이다
물 마른 보통천에 잘못 들어 퍼덕일 때
공자가 우리를 건져 물왕지에 살렸습니다

악은 덮을지라도 선은 포상하사이다
우리를 달여 먹어 보신하려 않는 자비
건강을 듬뿍 주시어 가상을 찬하소서

- 마른 은행천에서 퍼득이는 잉어 떼를
  주워다 물왕저수지에 넣어 주며.

소래산 오르는 길

소래산 오르는 길 잡다 놓친 풀 한 잎
킥킥킥 웃어대며 바위 뒤로 달아난다
오시면 잡혀드릴게 싫으시면 가시고

백운지 들머리에

백운지 들머리에 밤나무가 한그루
이렇게 추운 겨울 밤이야 없겠지만
알밤을 주우러 온 듯 바람 한번 쐬러 왔지

아무데나 부는 바람 어디는 없을까만
나 있는데 당신 있고 당신 곁에 나 있고져
추워도 같이 와주신 아름다운 사람이여

밤을 줍듯 가잔 말에 밤을 줍듯 와준 그대
얼어붙은 얼음판이 쩡하고 일갈한다
올가을 알밤 여물면 정말 한번 오너라

째마리를 그리며

밤에도 찾아가서 볼 부비던 째마리*
지난겨울 눈이불 덮고 몸을 부린 소금창고
어머님 그날 밤처럼 금강경을 읽었지

재작년 겨울 풍경 네가 있어 참 좋았다
너덜대던 함석지붕에 둥근달도 썰리고
시린 눈(雪) 아픈 칼바람 휘파람으로 잊던 너

찐 감자도 던져주고 커피도 뿌려주고
남아줘서 예쁘다고 조석으로 찾았더니
웃자란 나문재들만 꼴사납게 신났었다

시흥벌에 달뜨면 고성(古城) 같던 그 풍경
너랑 피던 달맞이꽃 이제 어딜 기댈까
방산교 지날 때마다 미어지는 이 그리움

---

* 소금창고 중 미지막으로 남은 놈에게 붙인 이름

영흥해국 1

누구 그린 한이 커서 벼랑에 피셨는가
그냥 가자 못 간다 바람도 하릴없다
저렇듯 지고지순함 그대 말고 또 있을까

영흥해국 2

주려 죽을지언정 속진은 입 안 댄다
바위 끝에 나앉은 고상한 그 품새여
이 몸도 가벼워지면 바람 되어 곁에 가마

추암해국

그리워 설레는 맘 노도로 출렁이오
물 건너 계시는 님 흔들려 출렁이오
예 앉아 타는 가슴을 오늘밤도 보시려오

꽃 지고 씨앗 날려 바람 타고 가오리다
가다가 물에 빠지면 헤엄 쳐서 가오리다
건너가 그대 허리에 안기듯이 피고져

님은 거기 있고 나는 왜 여기 서서
눈뜨면 바라보는 해국으로 사는지
굳어진 당신 곁으로 내가 가서 피려오

울지 마오 오지 마오 그 자리에 있으오
날려오다 물에 빠져 오히려 멀어질까
이 몸이 바람에 깎이여 만년이면 가려오

산자고

50리 영흥도길 산자고(山慈姑) 만나는 날
국사봉 서나무숲 목숨으로 올라와서
소곳이 몸을 낮추어 너를 보는 이 행복

널 보러 오가는 길 만남보다 더 긴 시간
둘이서 있는 행복 더할 수는 없는지
이 산에 내가 나거나 내 집에 너 오거나

창밖에 나뭇가지

창밖에 나뭇가지 항상 안을 보고 있다
봄가을 여름겨울 하루도 쉬지 않고
내 눈도 항상 그렇게 내다본 줄 아시는지

문 열어도 안 오고 문 닫아도 안 가고
낮도 밤도 눈비와도 항상 섰는 나무야
내 곁에 있으러 와준 전생의 누구더냐

늦게사 불 꺼지면 너도 그제 눈 붙였지
너는 나무거니 가지 않는 나의 초병
어느 날 조용하거든 잎을 쏟아 덮어주련

군자산 가래울샘

군자산 가래울샘 내 마시고 남은 물이
줄줄줄 그냥 흘러 낙엽만 적시운다
목말라 사경 헤매는 아이 있나 보아라

창가에 난 한 분이

창가에 난 한 분이 오늘도 나를 본다
잠들 때 그 자리에 눈뜰 때도 그 자리
말없이 늘 거기에서 나를 보는 너 하나

내가 네게 해주는 건 물 한 번씩 주는 일뿐
이러다 언젠가는 그 물도 못 주는 날
그날에 조용히 말라 너도 나를 따르겠지

소래산을 오르며

언덕에 올라서니 앞길이 가물하다
숨차게 올라온 길 왜 그리 급했던가
천천히 걸었었으면 아직 여기 아닐걸

이제사 살펴보니 발 밑이 아름답다
나무만 붙잡다가 지나쳤던 풀포기들
내려가 다시 온다면 풀밭에도 앉아보리

사랑이 멈춘 자리

사랑이 멈춘 자리 미움이 돋아나면
미움이 멈춘 자리 사랑이 다시 날까
미움된 사랑이 다시 피어나라 주기도문

김치를 담그며

마음주는 님처럼 찰싹 안긴 절인 배추
그 안에 내 마음 넣듯 양념 고루 재운 김치
사랑이 별것이더냐 이만하면 감칠맛

삼동을 밖에 둬도 속 한 번 안 상우고
삼 년을 묻어둬도 맛은 외려 깊어지니
사랑이 별것이더냐 이 무던한 속마음

백목련

그냥 푸르게 열매 하나 없이 살아
사람들 쑥덕이지 할 말 뭐 있겠냐고
그런데 뉘 사랑인가 저 많은 꽃떨기는

겨우내 써둔 편지 툭툭 터진 봄나절
받을 이 주소 몰라 안절부절못하다가
올해도 또 작년처럼 푸른 보에 옴싼다

제4부

은
행
동

은행동

앞동이 풍(風)을 막고 뒷동이 허(虛)를 가려
홀로 앉아 있어도 고(孤)하지 않는도다
옆으로 보이는 숲에 사람들도 유(遊)하고

목단꽃

묵언으로 살아온 날 안으로 쌓인 말이
봉오리가 자꾸 벌어져 더 오므릴 길이 없다
고고한 야삼경에나 잎에 가려 피어볼까

백모란

꽃들은 붉거니 너는 어이 하얗느냐
울어 씻겨 흰 꽃이냐 티끌 없어 백화더냐
너보고 넋 잃은 나도 본시인 듯 희어진다

분목(盆牧)

남도에 모란 찾아 어제부터 가는 사람
나는 이미 꽃 앞에 아침부터 앉아 있다
구태여 먼 길 찾아가 잠시 보고 그냥 올까

베란다의 꽃에게

너도 나처럼 다른 데 못 가느냐
너도 나처럼 좋아서 죽겠느냐
문 열려 있었는데도 나를 두고 안 가는 너

한일(閑日)

창 열고 내다보다 닫고 앉아 차를 낸다
다로에 불 댕기고 찻상 닦아 정히 펴니
정인이 보내셨는가 바람이 정좌한다

새벽 2시 40분

새벽 2시 40분 잠 깨어 문을 여니
앞동에 하얀 달이 아슬하게 걸려있다
나 잠든 한밤을 내내 너 혼자 있었구나

달아 달아 밝은 달아 2

서화담 기린 진이 흠모로 위했듯이
달아 달아 밝은 달아 밤새도록 비춘 달아
아무리 내가 잊으랴 날 비춘 너 하나를

소래산 남동현에

소래산 남동현에 토굴 한 간 지어든다
은행천 닫는 물길 안 닿게 비껴주 고
다섯 자 모로 누워도 잠 잘 오면 어딘가

호조들

문 닫고 신발 벗고 돌아서서 물 끓이어
계화차 잔을 들고 내다보는 호조들
암암간(岩岩間) 내달리는 바람 삼백년 너울인가

육신

방에서 문을 열고 밖으로 나갈려니
한 평 반 베란다에 물건이 걸거친다
대천계 쏘다닐 적엔 이 말 자주 하리라

나는 왜 이놈 만나 이 고생을 하는고
먹여주고 재워주고 온갖 욕망 들어주고
대천계 쏘다닐 적엔 이놈 다시 안 만나리

네게 다려 왜 사느냐 같이 먹고 같이 자고
안 먹으면 안 무겁고 그러면 깨끗하고
사시절 꽃피는 곳에 장생불사 할 텐데

꽃밭에 바람 이니

꽃밭에 바람이니 꽃대가 나부낀다
너는 풀일지언정 내 눈엔 꽃이로다
왔다 간 꽃을 그리며 널 바라 눈감으니

살랑이는 바람결에 꽃향기 감싸인다
감은 눈 뜰 수 없어 진종일 이러려니
내가 눈 뜰 시각에는 너 왔으면 좋겠다

쪽박섬

왜들 너를 보고 섬이라고 하는지
올 때마다 들어가서 너랑 놀다 나오는데
누군가 말하더구나 썰물 때만 간 거라고

다음엔 들어가서 밀물 한번 봐야겠다
물들어 못 나가면 종일같이 있잖아
한 번쯤 너도 그렇게 울고 싶었을 텐데

메마른 가슴 안에

메마른 가슴 안에 초화 한 분 들여놓고
시들세라 마를세라 조석으로 근심했더니
본시에 말라본 꽃이라 안 마르고 예삐 핀다

자규루 오른 뜻은

자규루 오르지 마라 당부하신 님의 뜻은
솟음치는 그리움을 누르며 살라는 말
눌러도 솟는 그리움 자규되어 우옵니다

초희씨* 댁을 찾아

초희씨 댁을 찾아 눈물 한 줄 하렸더니
말라버린 노안에서 흐르지를 않습니다
초겨울 건조한 탓이라 여겨 혜량하소서

불위자(不爲者) 君을 만나 피다 쉬신 39하화(荷花)
39염(艶) 다급함에 일찍 나서 뛰었건만
길마다 밀리는 거마에 한발 늦게 왔습니다

크신 꽃 맑은 향기 뉘 있어 비길 손가
광토에 드신 잠결 여기서 깨나시사
대천계 천원지방을 한 송이로 피소서

* 초희: 허난설헌의 본명

손짓해도 안 보이면

손짓해도 안 보이면 외쳐도 안 들리면
눈물도 안 보이고 한숨도 모르기를
날마다 그리는 마음 혼자서만 이러기를

황진이가 있었지

예향에 살던 가희 황진이가 있었지
월광정 밝은 달에 시서화로 놀았을 님
당신의 나투심인가 남국에 오신 가객

정려로 마음 가는 남국에 계신 님을
소교인듯 南天으로 조석원염 하오이다
란월의 길일길시에 량풍으로 스쳐지길

정려(靜慮): 조용히 생각함
소교(素交): 오래된 친구
란월(蘭月): 음력 7월의 다른 이름

종이컵 두 개에다

종이컵 두 개에다 실을 꿰어 놀았었다
정아야 잘 들리니 얼버무린 그 목소리
저만치 떨어져 있어 가슴 뛰던 그 시절

핸드폰 매만지며 가슴을 다독인다
잘 들리니 묻지 말고 보고 싶다 해 버릴까
칠십 년 못 해온 그 말 이제 또 언제 할까

달달하던 상엽차가

달달하던 상엽차가 오늘은 쓸쓸한 맛
찻잔 앞에 웃던 얼굴 어디서 뭘 하실까
고요히 눈을 감으니 그냥도 드시란다

상사화

제 잎도 안 만나는 도솔산 상사화가
제때도 안 피다가 가을에 핀 녹차꽃을
바람이 차갑다 하며 손을 내어 잡아 준다

메밀꽃 귀인

푸른 잎 붉은 대공 흰 꽃에 검은 열매
지심에 노란 뿌리 오방색 귀하신 님
조석에 지극한 축수 어여뻐서 오셨오

푸른 옷 붉은 모자 흰 수건 검은 신발
노란 손 팔을 벌려 귀인을 경배하오
심천을 유희하신 길 편히 한번 쉬소서

푸른 하늘 붉은 땅 흰 벽에 검은 지붕
노란색 자리 깔아 안 차게 불을 넣고
방안이 대천세계라 온화히 손드리오

벌에게

꽃에서 꽃을 찾아 또 어디를 보느냐
꽃 찾아 헤맨 산하 이제 그만해야지
이만치 또 찾아 나서면 가다 말 수 있느니

꽃은 또 얼마나 너를 바라 있었느냐
벌이 오고 벌이 가는 산마루를 봤겠느냐
이제는 쉬고 싶다고 꽃도 아니 했겠느냐

이 여름 몇 달이냐 9월이면 짧아진다
꽃잎에 힘이 빠져 열매 안고 오므릴 때
안온히 너도 깃들어 꽃과 함께 쉬거라

물 나간 바다에서

물 나간 바다에서 물을 그려 눈 감는다
그 많은 바닷물도 썰물 되면 마른모래
인정도 그 같을지니 안 나가게 마음 쓸 일

그리움은 왜 이러나

그리움은 왜 이러나 시도 없고 때도 없다
어제 본 님 보고 싶고 보고 와도 또 그립고
눈 없는 그리움이라 밤낮도 못 가리나

설섬

봄에 와서 뿌린 씨앗 뿌린 대로 다 났구나
풀 속에 숨긴 놈들 풀이랑 같이 자라
붉은 꽃 동산 이루어 온 섬이 나리섬

사랑이 얼마더냐 이 꽃송이 몇이더냐
하늘만큼 우주만큼 마음 싸서 심은 나리
온 섬이 우주가 되어 붉게 덮인 나리섬

까마중

하교길 시오리를 배고픔에 돌아와서
빈 마루에 책보 놓고 달려가 따먹었던
밭두렁 까만 까마중 그 맛을 어찌 잊나

화단가에 한 포기 여름내 따고 나서
가을 저녁 화분에 옮겨 들여놓은 까마중
어릴 적 그 고마움에 애지중지 물을 준다

까맣다고 찡그리며 뱉어버린 손자놈
제리에 초코파이 핫도그 아이스크림
우리 것 낯설어지는 저 녀석들 걱정이다

이만큼 참았으면

이만큼 참았으면 안 됐나요 부처님
인고도 회한도 고통도 참회도
이보다 더 참으면 나도 부처 되겠네요

일념으로 기구함은 거창한 것 아닙니다
명예도 부자도 공명도 아닙니다
내 가족 둘러앉아서 TV 한번 보는 것

구급차에 실려

차창 밖 매봉산이 안면 놓고 지나간다
시흥역도 군자봉도 가로수도 송전탑도
구급차 경적 소리가 요령처럼 길을 잡고

천정엔 뚜껑 있고 옆에는 검은 여자
흔들리는 상여인가 묶인 몸이 쏠린다
어느 산 가고 있는지 누구 잡고 물어볼까

어하 어하 어하 어하 어이가리 어어하
올 곳에 다 왔는지 인부들이 분주하다
천광(穿壙)에 던지나 보니 대학병원 응급실

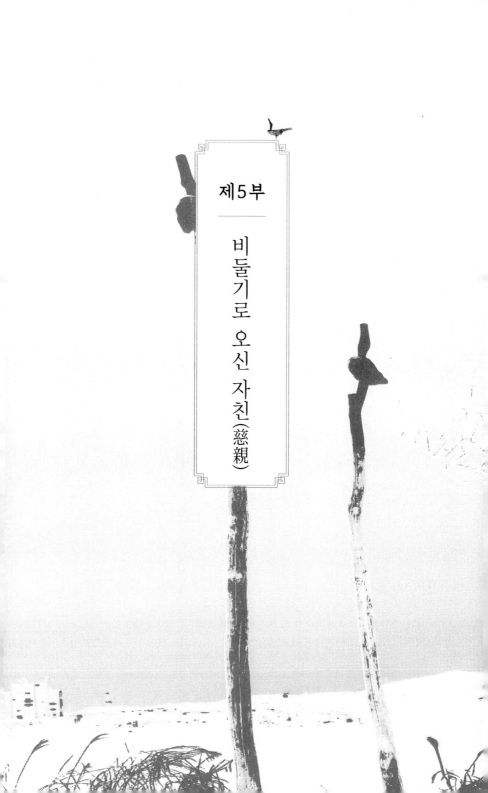

제5부

비둘기로 오신 자친(慈親)

영대산에서 자란 아이

영대산에서 자란 아이 돌아 돌아 소래산
옷자락은 구김이고 낯도 온통 주름살
마애불 자세히 보니 미리 그린 내 영정

산서천에 성산 닮은 갯고랑에 군자봉
어릴 적 그 풍경과 어찌 이리 똑같은지
미산동 논두렁길에 안개마저 자욱하다

종일 있다 들어온 연밭 문 닫으니 또 삼삼해
애들처럼 친구처럼 쏙쏙 피는 송이송이
눈뜨면 연꽃이지만 눈감으면 인기척

비둘기로 오신 자친

난데없는 비둘기가 안을 자꾸 살핀다
혹시나 우리 자친* 이리 오심 아니신지
재웠던 사모의 정이 불현듯 복받친다

힘들어서 이승이다 굳건하라 불굴하라
이르고 날아가신 비둘기로 오신 자친
이아들 어찌 있는지 한시인들 잊으실까

비둘기 앉았다 간 그 자리를 바라본다
가신 지 이십 년에 쌓인 모정 소래산
불효자 비둘기 되면 조석봉양 하오리다

---

* 자친(慈親) : 인자하신 어머니

山西誌

지형

팔공산 꿈틀꿈틀 힘찬 현무 영대산(靈臺山)
청룡은 묘복산 말치재 달려 지리산에 이어지고
백호는 칠봉 아침재 지나 덕재산에 휘돌아
사계봉(社桂峰) 주작의 나래 감싸 안은 산서 땅

지명

고려 땐 진전방(眞田坊)이 조선조엔 수서방(水西坊)
천구백십사년에 이름 바꿔 산서면(山西面)
지금도 참밭(眞田)에 가면 우리 역사 보인다

인근

동쪽은 장수필덕 서쪽은 임실오수
남쪽은 남원보절 북쪽은 진안마령
가운데 아담한 진산 건지산이 여의주네

집성

오뫼의 안동권씨 월곡의 창원정씨
옥천육씨 전주이씨 수은(樹隱)˙후손 경주김씨
앞에선 헛기침해도 안 볼 때는 문안하고

수분계

팔공산 천백십오 뭉실한 두 봉우리
계룡 무등 시조산(始祖山)에 섬진 금강 수분계(水分界)라
그 서쪽 옹골진 산서 지명까지 상서롭다

대동(大同)

북칠리 백운 학선 마하 오성 건지 동화 오산
남칠리 쌍계 이룡 신창 사계 하월 봉서 사상
편 나눠 줄 당기던 운동회는 대동제(大同祭)
끝나면 장터에 모여 막걸리로 밤 새웠지

---

* 수은(樹隱) - 고려말 예의판서 金沖漢의 호 두문동 72현 六隱의 한사람

풍요

섬진강이 젖줄이면 팔공산은 유방이다
신서천 졸졸 흘러 오수 남원 구례 하동
어머니 젖가슴 같이 풍요로운 산서들

성산

울타리 너머에서 기척 주는 누님 같이
남농의 그림인 듯 솔가지 뚜렷한 산
성산을 바라다보면 천황봉이 샘을 내고

정려각

남편 소상 지낸 저녁 자진하신 청상(靑孀) 이(李)씨
허벅지 살을 베어 모친 구완 윤 효자(尹孝子)
왜병 앞에 유방 도려 정절 지킨 열부 원씨(烈婦元氏)
동(洞)마다 정려 비각이 효열고장 깃발이지

포대

점심 때 포를 쏘아 오포(午砲)라던 먼 옛날
개화기엔 싸사이렌 울려 면내에 알렸더니
그 자리 석축 포대는 지금도 듬직하다

전래가요

이 고장 전래가요 장복겸(張復謙)의 고산별곡(孤山別曲)
'칠현이 냉랭하니 네 소리는 있다만은
종기(鍾期)*를 못 만나니 이 곡조 뉘가 알리**
벽곡의 일륜명월이 내 벗인가 하노라'
한 수는 소리로 읽고 아홉 수는 가슴으로

---

* 종기, 종자기(鍾子期)
  중국 초나라 사람으로 거문고 달인 백아(伯牙)의 지음(知音)으로 항상 자기의 곡을 이해
  했는데 종기가 죽자 백아는 이제는 자신의 뜻을 알아줄 사람이 없다고 거문고를 부숴
  버리고 더 이상 연주를 하지 않았다는 이야기가 전해진다.
** 伯牙絶絃 - 극진한 우정을 일컫는 고사성어

家族列傳

父主

관보 받고 귀향하니 봉분으로 납신 父主*
오십 년 세월 후에 이장할 때 의치 하나
제행은 무상이오나 어디 향해 절 올릴까

慈親

흙으로 가셨다고 흙을 안고 울던 그날
도처에 흙이거늘 따로 울 일 있느냐
이천 년 시월 그믐날 흙이 되신 어머니

家人

고갯마루 힘에 겨워 쉬어 앉은 나의 아내
어디쯤 가고 있나 모습은 안 보여도
같이한 삼십칠 년이 은혜로워 감사하오

---

* 父主: 아버지의 한문 표기

長男

큰아들로 만난 인연 고맙고 기특하다
억겁의 윤회에서 또 언제 상봉할까
그 모습 내 곁에 항상 해로 뜨고 달로 뜨고

次男

성정이 똑같아서 일어서면 부딪쳐도
눈 감으면 떠오르니 맨 먼저 너의 얼굴
네게도 내가 있겠지 내 안에의 너처럼

子婦

슬하를 떠나와서 내 가문에 와준 너희
아버지 부를 때마다 가슴 저려 눈감는다
이승에 딸 없던 내가 여식이 둘이구나

孫子

진돗개 강아지들 올망졸망 엉겨들 듯
감은 눈에 밟혀 오는 꽃보다 예쁜 놈들
수염을 날마다 잡혀도 한번인들 미울까

졸지(拙之)

내가 곧 하늘이다 인본(人本)을 말하여도
안 보면 보고 싶고 오래되면 궁금하고
구십이면 남은 십 년 생각하면 아연(啞然)하다
눈 감으면 곁인데도 안 잡히는 부(父), 모(母), 처(妻), 자(子),
합장해 기도합니다 수(壽), 복(福), 강(康), 영(寧) 주옵소서

어느 인생(人生) 1

태종대 벼랑 끝에 준이를 돌려 안고
솜이불에 드러눕듯 파도를 응시할 제
호르륵 호각 소리에 깨져버린 안락의 꿈

사는 복도 없는 년이 가는 복도 못 타고나
자갈처럼 굴러다닌 사십 년 만고풍상
그 풍상 단련된 몸이 젖 장사는 못 할까

너는 나의 서광 나는 너의 의지
동가식 서가숙에 그래도 너는 커서
준이야 나의 아들아 이제 한번 울어보자

어느 인생(人生) 2

빈 병 자루 업은 오빠 섬진강을 헤엄쳐
잘 왔다고 옷 흔들던 모습이 눈에 어려
그날의 추억에 잠겨 강물처럼 나는 눈물

행가굴 들어간 오빠 한 번 더 돌아보고
산길 어둠 속을 뛰어온 열 살 소녀
그 많던 여우 늑대들 어찌 나는 못 봤던지

담낭 떼어 누운 엄마 심청인가 윤 소저
천둥 치던 여름밤 논물보다 떠내려가
봇살에 걸려 살아난 남원대강 집동리

추억은 그림인가 돌아보니 아름답다
그래도 또 가라면 차라리 죽을란다
사무친 내 이야기들 어느 책에 옮길까

어느 인생(人生) 3

쪽방에서 너를 낳고 삼 일을 굶었다가
옆집의 누룽지를 두 번 훔쳐 끓여 마신
변호사 나의 아들아 에미 죄를 일러다오

어느 인생(人生) 4

한 인생 끝낼 자리 막차에서 내린 곳
정선역 대합실에 별을 안고 모로 누워
유성에 몸을 맡기고 두남* 땅을 떠날 즈음

누가 보냈는지 주정뱅이 젊은 놈이
형님 이러면 죽소 내 집으로 갑시다
가방을 제가 들고서 막무가내 잡아끌어

며칠 후에 가도 된다 그러구려 여섯 달
그놈과 막일하며 마음 정리 되었었지
어디서 그날 나처럼 별을 덮을 주정뱅이

---

* 두남 : 북두성 남쪽 즉, 지구

광주예찬

무등산 기운 내린 빛고을 거룩했다
학생도 일어선 곳 민중도 봉기한 곳
겨레의 성스런 남도 억겁에 도도하라

대지가 기름지면 초목도 아름다워
초목도 아름다워 사람 더욱 아름답다
이 몸이 기러기라면 여기 들어 쉬고져

하늘 높고 땅 너르고 사람 많고 인심 곱고
오방이 상서롭다 어딜 봐도 트인 고을
일찌기 나도 여기서 무등 품에 살 것을

頌 一松*

성한 뼈 모독 가려 모닥불로 지필거나
5·16 물망지한을 서편제로 일갈하신
오재열 시조 시성님 사숙(私淑)으로 모십니다

눈물로 닦일 아픔이면 강이라도 되어주마
세월호 그 애통을 이 한 줄로 써내리신
어디서 또 보오리까 깊으신 그 필력을

인종도 그만했으면 한 매듭쯤 풀리련만
겨레문학 우리 시조 멋스러운 기승전결
읽고 또 읽어보아도 무릎 처지는 절구입니다

제자도 스승으로 후인도 청감으로
겸양적 대인지덕에 고두례로 우러릅니다
천수에 천수를 더하시어 큰별로 재(在)하소서

일송정 푸른솔은 늙어 늙어 갔어도
무등산 일송거수(一松巨樹)는 무등(無等) 무강(無强)이시라
두남에 명만천하로 세세생생 하옵소서

---

* 頌一松 : 오재열 시조시인 아호

아! 백두산

구름으로 에우는 우주의 정기가
천지에서 일렁일렁 두남(斗南)˙으로 뻗치는
백두산 지구의 성산 요동에서 여여하다

환웅님 웅녀님은 지금도 서 계시니
그 나이 오천 세에 아직도 검은 머리
남파의 좌측 봉우리 쑥 향기가 상큼하다

힘겹게 올라와 본 사람들 환희심에
한인 중인 서구인 뭐가 어찌 다른가
눈코입 하나로 닮은 단군의 자손인데

---

* 두남: 북두성 남쪽, 즉 지구.

독도야 우리 아가

예쁘다 아름답다 귀엽다 앙증맞다
낮에는 바다에 놀고 밤에는 별과 자고
독도야 우리 아가야 어찌이리 듬직하누

멀찍히 떼어놓아 마음 항상 아팠더니
둘이서 손 꼭 잡고 잘 놀고 있었구나
독도야 우리 아가야 눈에 삼삼 밟히던 너

크게 키울려면 부러 고생시킨단다
풍랑으로 신체를 고독으로 정신을
극기로 단련시켜서 동문(東門) 장수 되어다오

동산 언저리서 망을보는 소년처럼
네가 받아 던져주는 성스러운 아침 해
우리는 그렇게 사는 아름다운 동방지국

천안함 몇 수

엄마도 참아볼게 견디며 살아볼게
서승원 중사 모친 눈물도 타 버렸다
우리는 임들의 죄인 하늘도 볼 수 없는

하늘나라 올라가서 엄마 만나 잘 살아라
김선명 병장 부친 목소리가 영성(靈聲)이다
하늘과 땅의 등고(登高)는 한 길일까 만 길일까

동진아 내 새끼야 어딜 가노 착한 놈아
아들 하나 하늘같이 믿고 살던 홀어머니
마흔넷 청상과부가 하늘마저 무너져

이십일세 강태민 홍안의 귀한 아들
어머니 핸드폰에 환히 웃는 그 사진
그대로 품고 살다가 만나는 날 걸겠지

잘 가거라 대호야 멍멍해진 어머니
영현병 두 어깨를 토닥이며 하는 말씀
고맙다 조심하레이 종도 없이 치하다

박경수 상사 부인 35세 박경미씨
올가을 식 올리자 그 약속 어이하나
잠이 든 아이를 안고 검은 옷깃 나래친다

박* 황후로 오소서

소래산 시흥 땅에 연인듯 피어난 꽃
방년의 아리따움 청초한 예쁜얼굴
이제는 천상천하에 연향으로 이실 님

4월 16일 맹골수로 하릴없던 새벽녘
의연한 그 정신을 어찌 우리 잊을까
승무원 맨 나중이야 해사에 남긴 어록

엄마 동생 이웃들 잠시인들 뜨실리야
잠기는 물에서도 동의 벗어 주던 맘씨
관곡지 노란 연 피어 박 황후로 오소서

---

* 세월호 의사자 승무원 박지영씨

풀화살

억새풀 한마디를 꺾어서 꼬나잡고
나를 보고 짖어대는 개구리를 겨눈다
이놈들 맞아보거라 주몽의 신궁이다

꽂히는 화살 피해 폴짝뛰는 개구리
개골개골 개골개골 배꼽 잡는 녀석들
맞으면 다 죽었다 나도 씩 웃는 논길

정선 덕우리

벽오담 놀던 물이 취적대를 돌아 나와
물소리 피리 소리 동강으로 찰랑인다
반선정 이는 흰 구름 옥순봉을 휘감고

호조들 아리랑

전렴: 아리랑 아리랑 아라리요
아리랑 고개로 넘어간다

소래산 펼쳐지는 드넓은 벌판
금물결 일렁인다 해마다 풍년

조선조 호조에서 바다를 막아
진흉미 생산했네 호조아리랑

인천부 안산군 가르던 냇물
시흥의 젖줄이다 굽이굽이 보통천

호조들 이백만평 넓기도 한데
소래산 군자봉은 억만년 당간

도창 계수 물왕지 물 안마르고
관곡지 연향은 어느 님께 전할까

오이도 능곡동에 살아온 역사
시흥의 신명이다 호조들 아리랑

동백연찬(冬柏連讚)

1

다들 피는 봄 여름은 잎인 듯 쉬던 그대
추운 겨울 붉게 피는 절조(節操)여 사랑이여
너 그려 섰는 이 몸도 붉은 꽃 피고 싶다

2

봄여름 피는 꽃은 그 꽃이 그 꽃임에
눈감고 그리었다 다 갔을 때 피는 꽃
설중(雪中)에 선운사에는 동백꽃이 핀다지

3

가까이 오지 마오 아무나 오지 마오
눈 속에 피는 내가 무엇은 모르겠소
눈 속에 안 피어봤으면 가까이 오지 마오

4

봄에도 돌아가고 여름에도 돌아가고
꽃무릇 흐드러진 가을에도 돌아가고
선운사 일주문 앞에 너를 그려 다시 왔다

5

운판 목어 동종 소리 구천중생 제도할 제
속진에 젖은 바지 벗어 어디 버릴까
그 옷은 거기 두시고 흰 몸으로 드소서

6

나무 동백화 나무 동백 동백화
불성(佛性)으로 피신 그대 그대 향한 고두례
선운사 도량 안이면 삼세사생(三世四生) 안온하리

7

앞서는 종소리에 들어선 선운 고찰
님은 아직 잠결이고 지천에 푸른 무릇
동백에 꽃무릇까지 가슴 설렐 만남이여

8

향 안 주는 도도함이 더더욱 나를 앗아
먼 산 보고 있어도 마음은 오직 그대
아직도 푸른 도솔산 입김 호호 데운다

9

오백 살 동백 앞에 반백의 내가 선다
잎세(勢)는 이팔인데 심지는 오백 성상
눈감고 주문 외운다 옴마니반메훔

10

곁에 서 있을 때는 삼추(三秋)가 각(刻)이더니
못 보는 이 하루는 일각이 여삼추다
내일은 오늘 몫까지 종일 어디 안 가마

11

나는 움직이니 오고 가고 한다마는
너는 옴짝 못 해 마음만 오죽 탈까
이렇게 네 맘 알아야 이젠 내가 있을게

12

문 걸고 나온 짓이 죄스러워 눈감는다
어둡고 추운 밤을 서서 지샐 너희들
여기사 춥지는 않아 그래 더욱 걸린다

13

사랑해 이 말을 너는 뭐라 하느냐
우리말로 천 번 해도 양인은 못 알듯이
너의 말 아직 몰라서 내 마음 못 전한다

14

꽃이 벌어진다 붉은 꽃이 벌어진다
온통이 푸른 네가 모든 한이 얼마길래
이렇게 빨간 살점이 불뚝불뚝 버느냐

15

꽃이 떨어진다 붉은 꽃이 떨어진다
피어도 들지 않는 문밖의 흰 구름아
일순에 쏟아 보이는 절조여 사랑이여

16

무삼하리 무삼하리 꽃피어 무삼하리
화무십일홍이면 절조는 만년이라
사시절 푸른 몸으로 독야청청하리라

17

오백 수(壽)에 경배한다 훼예불경(毁譽不傾) 오백 번
서 있는 풍채만도 바위처럼 견고하신
사시(四時)로 이는 바람은 잎이 나서 놀아주고

18

지성이면 감동인가 한 송이 피어났다
날마다 기다림이 참인지 보러 왔나
참인걸 말로 다 할까 네 눈물도 쏟으렴

19

구름도 오면 가고 바람도 따라가고
무뎌진 세월세월 그래 사시 푸르다오
당신은 안 가시리라 한 바램을 보소서

20

겨울에만 피는 꽃이 나비를 아오리까
삭풍만 견딘 몸이 훈풍을 아오리까
이제금 오신 당신이 나비 훈풍 말해주오

21

절조의 고적(孤寂)의 눈물의 오백성상
연(然)하여 절은 두 볼 두터워진 상록엽
내 눈물 촛불로 태워 어신 몸을 녹여줄까

22

푸른 옷 갈아입고 그대 곁에 서 있을까
그러면 그대 손이 내 어깨에 닿을까
하룻밤 그렇게 서서 같이 한번 있고 싶다

23

어둠에 같이 떨고 밤바람에 같이 춥고
달빛도 받아보고 갈증도 참아보고
어떻게 살아왔는지 같이 한번 새고 싶다

24

빨간 꽃 끌어당겨 눈을 감고 볼을 댈까
그냥 하루 종일 몸이 굳어 서 있을까
물주다 꿈꾸는 내 앞에 후줄근 젖는 동백

25

일 년에 삼백예순 십 년이면 삼천육백
그 많은 그리움을 일일이 다 적을까
지긋이 두 눈을 감고 가슴으로 보리라

26

내가 이제 와서 꽃 찾아 또 나설까
네 잎이 낙엽 지면 주워서 꼭 쥐리라
물이(勿離)라 나도 그렇게 마르는 잎 되리니

27

나는 아직 멀었구나 너처럼 있을려면
같이 보고 있는데 너는 차(冷)고 나는 달(熱)고
오백 세 굳은 단련을 금방 어찌 내가 될까

28

오늘은 피었구나 그리도 참더니만
네 속을 누가 알까 바람일까 구름일까
이보다 더 없는 단심(丹心) 내보이는 동백아

29

나도 그랬었다 일년 내 그랬었다
먼 데 한 번 안 보고 옆에서 서성였다
내 꽃도 피어난다면 너처럼 붉으리라

30

너는 이제 마를 꽃잎 다시는 안 필 꽃잎
언제 또 피어날까 피면은 그 색일까
이제는 안온히 쉬자 바람결이 차갑다